문학과지성 시인선 221

버드나무껍질에 세들고 싶다

이정록 시집

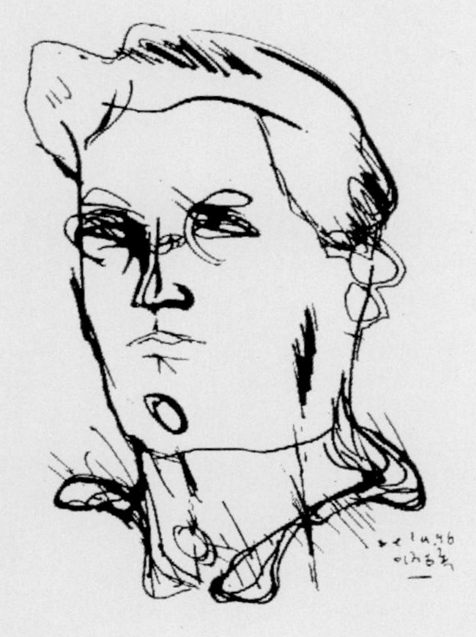

문학과지성사에서 펴낸 이정록의 시집

풋사과의 주름살(1995)
의자(2006)

문학과지성 시인선 221
버드나무 껍질에 세들고 싶다

초판 1쇄 발행 1999년 4월 30일
초판 9쇄 발행 2025년 3월 24일

지 은 이 이정록
펴 낸 이 이광호
펴 낸 곳 ㈜문학과지성사
등록번호 제1993-000098호
주   소 04034 서울 마포구 잔다리로7길 18(서교동 377-20)
전   화 02)338-7224
팩   스 02)323-4180(편집) 02)338-7221(영업)
전자우편 moonji@moonji.com
홈페이지 www.moonji.com

© 이정록, 1999. Printed in Seoul, Korea

ISBN 89-320-1070-6 02810

이 책은 대산문화재단의 창작 지원금을 받아 간행되었습니다.

문학과지성 시인선 221

버드나무 껍질에 세들고 싶다

이정록

1999

시인의 말

　첫 시집이 회초리만한 나무라면, 두번째는
덜 자란 나무로 켠 널빤지다. 그리고 세 번
째 시집은 그 무른 널빤지로 짠 관이다.

　내가 만든 관에 내가 갇힌다.

　잡초 무성한 봉분에 새로이 나무 한 그루
자라날 수 있을까? 마을 쪽으로 등이 굽은
나무. 봄이 되면 싹눈 환해지는 나무. 그늘
보다 땔감이 더 제격인, 옹이 많은 나무 한
그루.

1999년 봄
서해에서 이정록

차 례

▨ 시인의 말

I

II

I

물소리를 꿈꾸다

번데기로 살 수 있다면
버드나무 껍질에 세들고 싶다
한겨울에도, 뿌리 끝에서 우듬지 끝까지
줄기차게 오르내리는 물소리
고치의 올 올을 아쟁처럼 켜고
나는 그 소리를 숨차게 쟁이며
분꽃 씨처럼 늙어갈 것이다
고치 속이, 눈부신 하늘인 양
맘껏 날아다니다 멍이 드는 날갯죽지
세찬 바람에 가지를 휘몰아
제 몸을 후려치는 그의 종아리에서
겨울을 나고 싶다, 얼음장 밑 송사리들
버드나무의 실뿌리를 젖인 듯 머금고
그때마다 결이 환해지는 버드나무
촬촬, 물소리로 울 수 있다면
날개를 달아도 되나요? 슬멋 투정도 부리며
버드나무와 한 살림을 차리고 싶다
물오른 수컷이 되고 싶다

숟가락

작은 나무들은 겨울에 큰단다 큰 나무들이 잠시 숨 돌리는 사이, 발가락으로 상수리도 굴리며 작은 나무들은 한겨울에 자란단다 네 손등이 트는 것도 살집이 넉넉해지고 마음의 곳간이 넓어지고 있는 것이란다

큰애야, 숟가락도 겨울에 큰단다 이제 동생 숟가락들을 바꿔야겠구나 어른들이 겨울 들녘처럼 숨고르는 사이, 어린 숟가락들은 생고구마나 무를 긁어 먹으며 겨울밤 고드름처럼 자란단다

장에 다녀오신 어머니가 福자가 씌어진 숟가락 세 개를 방바닥에 내놓으신다 저 숟가락이 겨우내 크면 세 자루의 삽이 될 것이다

쌀밥을 퍼올리는 숟가락처럼 나무들 위에 눈이 소복하다 한뼘 두뼘 커오를 때마다 나뭇가지에서 흰 눈이 쏟아지고 홍역인 듯 항아리 손님인 듯 작은 새들이 날아간다

하늘이 다시 한번 털갈이를 시작한다

고치 속에서 북을 치다

날개를 달기 전에 목숨을 놓는 번데기가 있다. 고치 속, 둘도 없는 단칸방을 둥글거리며, 이게 다야. 주름을 당겨 짱짱한 씨톨이 되는 번데기가 있다. 달가닥 달가닥. 그의 고집만이 제 집을 커다란 악기로 만들 수 있다

안에서 두드리는 적설의 지붕. 날개를 달기 전에 숨을 놓는 것은, 출구를 버리겠다는 것이다. 뚫고 나가는 곳 어딘들 문이 아니랴만, 이게 끝이야. 스스로 환약이 되는 번데기의 마지막 생각이, 소리의 보온통을 만든다

눈사람의 상처

삽날에 잘린 눈사람을 어루만진다
살집 속에 결을 만들어놓은 흙 부스러기
때문에, 삽날이 지나간 자리가 꽃등심처럼 곱다
아름다운 것이 이렇게 무서울 수가 있구나
등을 찍혔는데도 무늬를 보여주는 눈사람
저 흙길을 따라가면 서걱서걱 기저귀 얼어 있던 안
마당
또 배가 불러오던 어머니를 만날 것 같다
마음 짠해서 어둠을 밝히는 눈송이들
왱이낫이 박힌 옹이 많은 옛길을 덮는다
아물지 않은 상처 위에 겹겹 붕대를 두른다
삽날이 지나간 눈사람, 그 흙밥의 나이테를 어루만
진다

깻 묵

마늘전을 지나, 기름집
추녀 밑이 그녀의 목이다
젖꼭지 달린 토마토
구부러진 오이 개구리참외
어느 것이든 그녀 앞에 가면
홍동백서로 진설이 된다
돗자리 대신 황색 비닐을 깔고
맷돌처럼 앉아 있는 그녀의 얼굴은
앙상한 무릎에 가려져 있다
추녀 밑에 매달려 있는 그녀의 점심
손가락 힘이 없어 누군가 풀어줘야 하는
민정당 보자기 한 개가 쓸개처럼 바라보고 있다
고개 숙여 향도 맡아보고
흥정도 하는, 우리는 저승 손님들
노잣돈 넉넉하다면 예서 얼쩡대겠는가
썩을 놈의 귀신들
때문에 철상도 못 하는 그녀는
닷새마다 하루씩 낮제사를 올린다
납작, 자신마저 젯상에 진설한다

군자란

현대철공소는 십 년 넘게 집 앞을 지켜온 흠집 많은
주차 금지판을 치우고 그 자리에 화분 하나를 내놓았
다. 불법 주차를 막기 위하여 초록 눈망울을 굴리는
군자란의 꽃대궁, 반쯤 녹이 슨 이파리들도 청동 검을
벼리고 있다

용접 불똥에 구멍난 저 낡은 화분이 차디찬 철판보
다 낫다고, 저런 게 녹색의 힘이 아니겠냐며 대견한
눈길로 바라보는 현대철공소. 한낮이 되면 군자란에게
양산도 씌워주는 현대철공소의 손마디가 난 뿌리처럼
멍이 들어 있다

불꽃이 참 아름다운 꽃집이구나 생각하다가 불똥을
피해 가까스로 길을 낸 잎맥, 그 좁은 길을 내려다본
다. 끝까지 가기란 얼마나 어려운 것인가. 바닥에는
성냥골만한 용접봉들이 한때의 이빨 자국을 씹으며 잊
혀져가고 있다

보도를 건너 아스팔트로 나온 저 녹색의 힘도 고철
더미 속에 처박혀 있던 것, 집구석에서 끝장이 난다는

것은 생각만 해도 끔찍한 일이다. 다시 작업장 안에
팽개쳐진 저 주차 금지판도 사람처럼 두 다리로 서 있
던 것이다

  한번도 다리를 굽힌 적 없는 군자의 삶이었다

눈

물고기는 흐르는 물로 눈알을 닦는다

그러나 강바닥에 이부자리를 깔아놓은 채 사발사발
어둠만 훌쩍거린다면, 눈을 뜨고 있어도 깜깜한 일이
다. 물 낯에 펄펄 튀어오르는 날카로운 햇살로 눈초리
를 깎지 않는다면, 눈 한번 깜박이지 않는다 해도 헛
일이다. 솟구쳐, 해오라기의 부리를 후려칠 수 없다
면, 木魚가 된다 해도 魚眼이 벙벙한 것이다

강은 안팎으로 하늘이 깊다. 하늘의 씨눈을 품고자
하는 날렵한 물고기만이 자기 눈 속에서 구름을 퍼낸
다. 그 구름 눈곱을 물안개로 풀어올리는 싱싱한 물고
기떼. 그 때문에 하늘은 장마전선 중에도 파랗게 눈을
뜨고, 사이사이 강 안쪽을 들여다보는 것이다

山 菊

들국화 꽃망울은
슬하 어린것들이다
못자리 골, 숟가락 많은 집이다
알루미늄 숟가락으로 퍼먹던
원기소 알약이다 마른 들국화 송아리는
해마다 산모가 되던 양순이다
반쯤 실성했던 머리칼을 하고서
연년생의 뿌리에게 독기를 내리고 있다

시든 꽃망울 속에 코를 박으면
죽어 묻히지 못한 것들의
살내음이 득시글거린다
소도 핥지 않는 독한 꽃
이곳에 누우면 내가 양순이다
소도 사람도 원기소 알약으로 작아진다
슬하 어린것들의 삭은 이빨에
광목실을 묶는, 늦가을 서릿발이다

달맞이꽃

마루에 앉아 알 껍질을 벗긴다
노른자가 한가운데에 있질 않다
삶기 전까지 끊임없이 꿈틀거린 까닭이다

물이 끓어오르자
껍질 가까이로 목숨을 밀어붙인
보이지 않는 발가락과 날갯죽지
그 힘줄과 핏빛 눈망울과 미주알을 생각한다

그 옛날 어미의 뱃속
또는 훨씬 이전의 꿈틀거림이 파도처럼 이어지며,
병아리는 알에서 깨어난 뒤에도
한참을 헛다리짚는 것이다

축문과 지방을 쓰고
마루에 앉아서 계란 껍질을 벗기다가
중심에서 멀리 나온 보름달을 만난다

발을 디디려
하얀 발톱을 들이미는 달빛

그 비척거리는 헛발을
달맞이꽃이 받쳐들자, 식은땀인 듯
밤안개가 깔린다

반 달

텅 빈 돼지집 천장
거미줄이 먼지의 무게를 풀고 있다
주인이 떠났어도, 끝내
끈기를 놓지 않는 거미줄에서
등에 한 마리가 헛발질을 하고 있다
이제 등에 진 거미줄을 내려놓을 수 없다
끈적임의 슬픔을 마무리하는 잠깐의 발버둥
삶이란 결국 못갖춘마디로 정리된다고
검정색 사분음표 하나가 끄덕이고 있다
거미줄에 붙어 있던 먼지와, 먼지의 껍질들이
등에를 감싸안으며 옹관으로 매달린다
보잘것없는 목숨 하나가
필사적으로 끌어당긴 이승의 끈기를
지붕 위 호박 덩굴은 알고 있을까
서로를 부둥켜안고 하늘로 가는 덩굴손들
꽃도 지지 않은 애호박을 따내자
진즉 알고 있었다고 맑은 눈물 밀어올린다
그 눈물 방울이 솟아 작은 조등이 켜지고
호박꽃 여린 꽃잎들이 입술을 닫고 울먹인다
밤하늘은 거대한 프라이팬

호박부침 한 조각이 노랗게 달아오른다
애호박 아홉 개를 먼저 보낸 늙은 호박이
그 호박부침 한 조각을 불콰하게 우러르고
발버둥이 멎은 옹관 밖으로
반딧불이 지나간다

부검뿐인 生

터미널 뒤 곤달걀집에서
노란 부리를 내민 채 숨을 거둔
어린 병아리를 만났다 털을 뽑을 수가 없었다
도저히, 맛소금을 찍을 수가 없었다

곡식 멍석에 달기똥 한 번 갈긴 적 없고
부지깽이 한 대 맞은 적 없는 착한 병아리,
언제부터 이 안에 웅크리고 있었을까

물 한 모금 마셔본 적 없는 눈망울이
나를 내다보고 있었다, 한동안
폐가의 우물 속 두레박처럼
그의 눈망울에 비친 사람의 얼굴을 들여다보았다

얼마나 오래 제자리를 에돌았는지, 병아리의
발가락과 눈꺼풀 위에 잔주름이 촘촘했다
하늘 한 번 우러러본 적 없는, 부검뿐인 생

금이 간 창문에는, 그 줄기를 따라
작은 은박지 꽃이 붙여져 있었다

씨앗을 가질 수 있다는 듯, 은박지 꽃잎들이
앞다투어 바래어가고 있었다

석 쇠

  숯불 위, 석쇠를 거쳐야 생선의 몸에 길이 나지. 비늘과 살 사이 결을 지나, 내장과 머릿속으로 사라진 불꽃의 길을 추억하는 서른셋이야. 옆구리가 파헤쳐진 뒤에도, 눈을 뜨고 있는 식어버린 생선과 밥상머리에 마주앉아 있어. 불꽃이 지나간 자리에서 더욱 사무치는 비린내, 닫힌 아가미 밖으로 넘쳐흐르고 있어. 몸뚱어리만 뒤집어준다면, 처음처럼 석쇠의 길을 보여줄 수 있다는, 저 눈과 마주치는 것은 쓰라린 일이야. 그런데 누가 내 눈을, 접시 바닥에 깔려 있는 퉁퉁 부은 눈과 바꿔치기한 것일까. 네가 와서 이 비린내를 좀 지져줘. 남은 한쪽 옆구리가 지지직 석쇠의 길을 내는 동안, 없는 한쪽 만신창이의 갈비뼈 위에 네가 누워줬으면 좋겠어. 비린내 풍풍거리는 서른셋. 몸에, 길이 나는 사랑을 하고 싶어. 창밖, 그것도 석쇠라고, 방충망에 매달려 있는 그믐달이 네가 있는 쪽으로 몸 지지는 밤이야.

중 심

줄 타는 이의 온몸이 허공에 떠 있어도

파르르, 한 사람의 中心을 고스란히 받들고 있는

빈줄의 힘

處 身

모내기를 끝낸
논배미마다
도랑도랑 신이 나 있다

자라나는 옷을 입은 논과 논
그 단벌의 옷자락, 사이사이

이앙기 바퀴와 사람들의 맨발로
납작해진 논두렁, 빛난다

저 논두렁처럼
낮고 분명해야 하리라

딛고 지나간 발자국 옆에서
합장을 풀고, 싹을 틔우는 밤콩처럼

한줌의, 식은 재를 열고
몸 세우리라

II

어머니는 독이다

동서벌꿀 유리병에, 놋숟가락으로 고추장을 퍼담아
주시며 아무 말씀 없으시다 어머니의 묵묵부답과 나의
안절부절이 범벅으로 채워진다 뚜껑을 닫고, 병 주둥
이를 훔친 뒤에도 눈길을 주시지 않는다 돌아와, 잘
도착했어요 인사올려도, 수화기 속 숨소리만 거칠 뿐
이다 시제도 빠지고, 서천말 주씨 상가에도 못 내려갔
는데, 그저 몸이나 조심하란다

싱크대 위
고추장 병이 끓어오른다
뚜껑을 열자, 어머니의 검붉은
간이 거기에 있다 녹슨 쇳덩어리
부글부글, 내 몸을 덮친다
간에다 장을 담그시는
어머니는 독이다, 독
항아리시다

형광등

마음의 집에도 빛이 있어 무엇인가 밝힐 수 있다면 형광등 불빛쯤이 좋겠다. 켜놓고 잠들어도 눈부시지 않은 빛, 백열 전구처럼 몸을 날려 목숨을 끊는 일은 이제 나의 가계에서는 없어야겠다. 터져버린 알전구의 날 선 밑동을 돌릴 때, 섬뜩해라. 그 칼 가는 소리는 마치 이승의 빛을 서둘러 꺼버린 삼촌들의 신음 같다

가래 끓는 소리도 내며 형광등처럼 늙어가리라. 어차피 책 읽고 글쓰는 게 나의 일과라면 오래된 형광등의 양끝처럼 먹물도 좀 내비치면 어떤가. 어사화는 아닐지라도 파리똥 덕지덕지한 양철 갓도 쓰리라. 갓끈을 한 번 잡아당기면 오냐오냐 빛을 내어주고, 또 한 번 잡아당기면 아무 말 없이 깜깜해지기도 하는 수국이 되리라

또한 백묵 들고 아이들을 가르치는 나느냐 선생님. 정년이 되면 형광등만한 거대한 백묵으로 부풀어 있으리라. 밝기는 아직 쓸 만한데 말 많고 시끄러운 게 흠인 오래된 형광등처럼, 가랑가랑 늙어가리라. 나이 거나해도 내 목소리는 호박벌처럼 붕붕대리라

단 골

쌍삼년, 한자리에서
순대를 썰어왔다

돼지머리에서
단 골이 쏟아진다니?

한자리를 지켜
단골을 맞이하는 것,

무덤이 으뜸일 것이다

뚜껑을 열자, 무럭무럭
아줌마의 파마 머리에서
억새꽃이 풀어진다

단골을
갖고 있는 무덤만이
길을, 거느리고 있다

개똥참외

　낫질 지게질도 할 수 없었던 어린 시절, 비틀거리는 아버지 대신 엄니가 꼴 베어 나를 때, 바지게 위에 참외 껍질이 섞여온 적이 있었지. 속상키도 해라. 할머니 몰래, 아버지도 몰래, 너만 믿는다는 장남도 몰래, 이리 잘 익은 노란 참외를 엄니 혼자 드셨구나. 콩을 까든지 말든지, 등 돌린 채 외양간에 풀을 던져주며 훌쩍였지. 송아지야, 그리고 사나흘 내리 설사해대는 어미소야. 너희들은 참외 껍데기라도 새기는데, 왜 나 마냥 눈망울이 축축하니? 지푸라기와 섞음섞음 아껴주어도 풀 지게는 금방 비는데, 그러면 불쌍한 우리 엄니, 어깨에 멍 가실 날이 없는데. 화가 뻗치는 대로 뭉턱뭉턱 내려주었지

　그런데, 아니! 이 깊은 바지게 안창에! 엄니는, 세상에서 제일 예쁜 노랑참외를 숨겨놓으셨네. 너무 바빠서 잊었구나, 앞치마에 손을 훔치며 아버지를 깨우시네. 뒤꼍 담 너머로 마실 가신 할머니를 부르시네. 꼴깍, 된장독은 오늘따라 더 부풀어오르고, 땡감의 이마는 노을에 반짝거리네. 엄니가 드신 것은 곯은 거라 하시네. 눈코 문드러진 썩은 거라 하시네. 외양간의 송아지와 어미소는 왜 또 눈망울이 젖어 있지

늦은 퇴근길, 입덧하는 아내를 위하여 과일을 고르며, 그 옛날의 젊은 엄니를 만나네. 저녁밥을 챙기지 못한 내 바지게 안창에서 송아지 울음 소리 목이 메네. 나는 내 깊숙한 어딘가에 깜빡, 노랑참외를 숨겨 놓은 적이 있었던가. 송아지 눈망울 같은 방울토마토들이 붉은 눈으로 쳐다보네

감나무

화톳불을 치우자 드러나는 마당의 속내. 아버지의
어두운 가슴을 삽질 한두 번으로 퍼올릴 수 있다니,
생살의 황토 위에 눈물 점점 떨어진다. 한때는 동행이
었던 감나무, 그 아래 발자국을 쓸어다가 군살을 입혀
준다. 끝내 태울 수 없는 것이 밥그릇이란 듯, 재티가
수북하다

언젠가 이 자리에 놓일 할머니의 화톳불. 아들 넷을
먼저 보낸 한 여자의 눈물샘이 웅덩이째 타오르리라.
삽질 한두 번으로 삼촌들의 숟가락까지 만나게 될 그
날, 뼈마디로 묶인 몽당빗자루가 마당의 속살을 어루
만지리라. 유난히 검은 할머니의 눈동자가 사실은 그
을음 덩어리였구나, 가슴이 결리리라

마당 밑 논배미로 일찌감치 떨어진 땡감들, 그도 그
을음 덩어리다. 안부터 몽땅 파먹히고도 주렁주렁 식
솔을 거느리고 있는 어미의 몸뚱어리를, 엎친 벼포기
사이에서 우러르고 있다. 생솔 연기 가득한 가슴속 아
궁이를 그렁그렁 붉은 눈으로 훑어보는 늙은 감나무.
양볼이 무너진 까치밥 몇 알이 오래된 봉분처럼 가고
있다

고추의 방

농약을 마신 막내삼촌이 막 숨 몰아쉬던 안마당
그때 그 자리에서 할머니가 마른 고추를 가른다
삼촌도 견뎠으면 맵고 붉게 익었을 것이다 고추 가
위는
입만 벌리면 아직도 멀었다고 가위표를 내보이는데
조카들도 장성했으니 이만하면 됐다고, 삼십 년이
면 충분하다고
숨 멈춘 뒤에도 숫구치던 게거품이 노란 씨앗으로
쏟아진다
붉고 매운 눈물의 나날이 배를 가르고 뛰쳐나오자
고추의 빈 뱃속으로 햇살 들이친다 삼십여 년이면
족하다고
재채기도 없이, 삼촌의 방에 불이 켜진다
고추를 가르던 손으로는 눈물을 훔칠 수 없다
눈길도 없이, 나와 할머니의 눈에 붉은 등이 켜진다

木　枕

　갈 날이 가까워지면 목침을 좋아하게 되지 / 나뭇결처럼, 숲으로 흘러가고 싶은 게야 / 죽음이 두려운 나는 목욕탕에서도 / 땀에 전 목침 대신 바가지를 베고 눕지 / 천장의 물방울을 바라보며 / 나의 무덤에선 물이 나지 않았으면 좋겠다 / 흠칫 바가지를 고쳐 받친 적도 있지

　밤중에 홀로 깨어 베개를 바라본 적이 있어 / 내 머리를 벗어나 방구석까지 달아난 / 베개 허리를 만져보았지, 문득 / 젖은 이불처럼 이런 생각이 덮치는 거야 / 베개가 바뀔 때마다 베갯속도 바뀌고 / 베갯속 따라 나도 변해왔다는 생각 말이야 / 기장과 보리쌀과 왕겨를 지나 / 캐시밀론까지 와버린 거야 / 내 머리의 무게를 너무 쉽게 일으켜세우는 캐시밀론, 그 가짜 / 솜뭉치 위에서 오랫동안 머리를 굴려온 거지

　삶을 불태운다는 말은 / 가볍기만 한 나에게는 어림도 없는 망발이지만 / 불과 만나 누룽지가 되는 보리쌀과 / 푸른 불꽃과 거름을 남기는 왕겨 / 그들은 얼마나 뜨거운 생인가 / 그러나 캐시밀론은 고약한 곱똥 한 술

과 악취만 풍길 뿐이지

　베갯속에 마른 국화꽃이나 한약재를 넣는 것은／분명 분에 넘치는 일이지／그러므로 나는 왕겨까지만이라도 돌아가야겠어／알곡을 떠나보낸 빈 껍질들의 쓸쓸한 노래와／들녘에 넘실대던 씨나락들의 춤사위를 받아적어야겠어

　훗날, 목침과 친해질 즈음이면／나는 세상에서 가장 긴 목침, 문지방을 베고 누울 거야／토방에 쏟아지는 별빛으로 발가락도 말리며, 나는／문풍지가 살을 켜는, 여닫이문으로 마감되고 싶어／문지방에 묻어 있는 식구들의 체온을 온몸으로 읽은 뒤／나뭇결처럼, 숲으로 흘러갈 거야

　목침은 죽어서도 숨을 쉬지／문이 여닫히는 한, 사람의 얼굴처럼 윤이 나는 문지방／그 아름다운 목침으로 다시 돌아오고 싶어

파 리

천북행 시내버스 운전사는
사람이 겁이 난다, 출입문을 열 때마다
사람은 한둘 그것도 경로우대권이지만
파리는 열댓 마리 더구나 무임승차라

  그냥 놔두시게 기사 양반
  그놈들도 광천장에 왔다 가는 겨

운전사는 파리 때문에 골치가 아프다
놈들 쫓으려고 문 열고 수선 떨어봤자
생선 비늘처럼 악착스런 쉬파리들까지
합승할 게 뻔한 일, 파리떼를 지고라도
사이사이 사람이 타는 게 고맙지
건성으로 파리채를 휘젓는다

  미안유
  먼저 장날 것두 다 못 잡었슈
  잘 보면 집이 것두 있을뀨
  낯익은 놈 있으면 인사들이나 나눠유

예끼 이 사람, 자네 등허리가
파리들한테는 아랫목이여
우리야 손님들인디
자네 식솔들을 면면 알 수 있간디

노인정 같은 천북행 시내버스가
푸른 논둑을 달린다, 바닷바람
출렁거리는 들판에 무선 다리미가 지나간다
주름은 그대로 놔두고, 소나기 한떼가
파리채처럼 天北을 친다

피 서

가곡이란 곳으로 물놀이를 간다
할머니께서 영원한 피서에 드시기 전에
온 식구가 올라간다 처음이자 마지막이 될지도 모
른다는
젊은것들의 속셈을 훤히 읽으시고 함께 운신하신
은비녀
피서라 했지만 할아버지의 뜨건 눈길 빼고는
한세상 피하며 사신 분이 아니시다

가곡의 작은 도랑에 닿자마자
물이 참 맑구나 이런 곳에서
종일 빨래나 했으면 좋겠다 하신다
머리를 하얗게 빨아 이신 할머니
이번엔 삼준산 건너다보시며, 저 산
도토리는 누가 다 따갈까 걱정이 크시다
상수리 같은 증손들 슬하에 늘어놓고
앞산에 자꾸 이마를 문지르신다

큰애야 이따 돌아갈 때에는
네 아비가 마지막으로 묵었던

수덕여관엘 가봤으면 좋겠다
가슴속 빨랫방망이를 꺼내어 눈물 찍으신다
피서 와서까지 그러시냐고 투덜거리자
나는 여기 와서도 피가 서는구나 하신다

앞산이 갑자기 캄캄해지더니
도토리만한 소나기를 훑고 간다
한바탕 빨래를 마친 하늘에 된장잠자리들 가득하다
저것이 다 먼저 간 것들이여 한참을 올려다보신다
광목 홑청처럼 하늘이 팽팽하다

밥 상

　가장이 할 수 있는 일이라곤, 식솔들이 무릎 꿇고 앉아 있던 밥상을 안마당에 내동댕이치는 것밖에 없었던 시절(그렇다 시절, 시절들이었다). 관절마다 실못을 치고 다시 다소곳 안방에 놓이던 상이 있었다. 삶의 모든 순서와 침묵과 눈치가 간장처럼 몸에 배어, 한세상 숟가락을 놓을 때까지 언제 어디서나 부글대는 것이었다

　낡은 밥상은 가족 사진과 같아서 상 바닥에는 옻칠처럼 캄캄한 경제가 깔려 있었고, 뿌리 끝에서 어떻게든 흘러간 나뭇결처럼 무늬를 꿈꾸는 상처가 있었다. 밥상 한가운데는 식구들이 파먹은 어머니의 가슴이 검게 그을려 있었으며, 젓가락 장단으로 일생을 건너려 했던 아버지의 삿대질 자국이 서투른 톱질처럼 상 가장자리를 헐어내고 있었다

　아버지가 돌아가신 뒤엔 실못 한 방 먹은 적 없는 밥상. 그 삐걱거리는 시절에 망치를 댔다가 아예 부서뜨리고 말았다. 아궁이에 삭은 못 한줌 남긴 가벼운 밥상, 불에 단 잔못이 어머니의 환부에 닿기 전에 부

삽에 쓸어담았다. "네 아버지와 함께 갔어야 할 놈인
데……" 어머니께서 이십 년도 더 되었을 상 하나를
광에서 꺼내오셨다. 밥상 한복판에 떨어진 검은 운석
이 삐걱거리는 어머니를 우멍눈으로 바라보고 있었다

모래의 집

저는 빙판길 옆 모래 적재함이에요. 그대의 헛바퀴 밑에서 그대의 먼길을 배웅하지요. 삽날을 받아들이는 것만이 제 생의 전부임을, 그 아픔의 성에를 말하지는 않겠어요. 미끄러지지 않는 삶은 쉬지도 바로 갈 수도 없잖아요. 하지만 뒤집히거나 굴러떨어지진 말아요. 돌아오지 않는 길은 생각만 해도 끔찍해요. 빙판길 저 아래에 쌓인 고운 모래톱도 다시 이곳으로 돌아오거나 억새꽃으로 피어올라 그대 차창을 흔들 거예요

삼 년 전인가, 무식하게 눈이 내리던 대설 언저리에 여기에서 죽을 뻔했다고, 이 적재함에 바퀴가 걸렸기 망정이지 큰일을 치를 뻔했다고, 호들갑을 떨며 옆좌석의 연인에게 자랑하지 말아요. 그대와의 아스라했던 만남을 몸서리치며 냉이꽃을 피워올리는 집 한 채가 있어요. 단칸방 속에서 그대의 삽날 자국을 뜨개질하고 있는 젖은 실뿌리를, 한번이라도 생각해보신 적 있나요

옆좌석에 있는 그대의 연인이, 나도 저 모래의 집처럼 어둡다고, 당신의 응달에서 당신의 바퀴 탄내에 마

음졸이며 살아가고 있다고, 억새의 새순 같은 하얀 눈
물을 흘릴지도 모르잖아요. 그녀의 작은 가슴에서 울
려퍼지는 삽날 부딪는 소리, 그 소름 돋는 사랑을 꼭
한 번 확인해보고 싶다면 그건 순전히 그대 맘이지요.
하지만 다시는 눈보라 속 빙판길을 넘어오지 못하겠지
요. 모래의 집 속에는 단 한 번으로 부서지고야 말 서
릿발이, 겨우내 까치발을 딛고 있으니까 말이에요

그대를 향해 피워올렸던 냉이꽃, 그 많던 씨앗들은
지금 어디로 흩어져갔을까요

슬픈 개구리

올챙이처럼 입이 작았던 여자 까만 얼굴에 꼬리가 길었던 여자 그날 밤, 올챙이처럼 아무 소리도 못 지른 여자 배가 불러오자 물꼬를 타고 대처로 떠내려간 여자 살랑대던 긴 꼬리 갈수록 문드러진 여자 뒷다리가 나온 뒤 발길질도 익혔지만 나날 어쩔 수 없었던 여자 앞다리마저 나오자 이물 저물 드나든 여자 검은 피부 간데없고 얼룩무늬 어딘가에 입만 커진 여자 끈끈이 혓바닥을 악물고 다니는 여자 늘 풍선을 지니고 있는 여자 개구리처럼 아무 소리나 질러대는 여자 수캐구리처럼 울음주머니 커다란 여자 배부르지 않고도 알을 까는 여자 자신의 눈물이 청량리 앞 논배미에 가득한 여자 구렁이 뱃속에서 겨울잠을 자는 여자 경칩이 벌써 지나가버린 여자 개구리는 늙은 올챙이야, 눈물 흘리는 여자 이제는 지쳤다며 긴밤이 좋다는 여자 문신에 주름이 밀리는 여자 다시 알로 돌아가고 싶다는, 눈이 부은 소녀

백 살

　애야, 환갑 지난 지 한참인디, 이제 내 나이가 몇이
다냐?／예, 아흔여섯이에요.／그래, 백 살 여시가 되
려믄 월마 남었다냐?／예, 사 년 남었어요.／사 년이
월만디?／애비 젓가락하고, 제 젓가락을 합친 것만큼
이에요. ／……, ……／오늘부터 나, 아무것도 안
먹을란다

　그로부터 식음을 전폐한 오수경 할머니는 아흐레
뒤 선산에 오르셨다. 모르는 게 약이지, 혀를 차는 소
리 동네 안팎을 떠돌았다. 아무도 그 며느리를 탓하지
않았다. 사십구재를 지낸 다음날이 곗날이어서 그 며
느리 노래방에 따라갔다. 조용필의 「한오백년」을 부르
다가 눈물을 흘렸다. 운이 좋아 그날 곗돈 백만 원을
탔다. 얼마나 끔찍한 백인가. 숟가락 젓가락 들고는
건너지 못할 달이 떠 있었다

귤

　꼭지에 푸른 이파리가 매달려 있다. 싱싱함을 말하기 위해 작은 가지까지 잘려온 것이다. 며칠이 지나면 버려질 이파리, 밀감 밭을 떠나 뭍으로 나온 저 작은 상표가 안됐다는 생각이 든다. 이파리가 떠난 박스 안에서 오래도록 단맛이 고일 귤들

　귤을 담아주는 저 아줌마도 지쳐 돌아와 골방에 쭈그린 채 훌쩍거리던, 이파리 같은 젊은 날들이 시들며 아름다워진 것이다. 마른 껍질에도 향낭이 있어, 다시 펄펄 끓어오를 골방을 가슴에 품고 살아가나니. 지독해져야 오래 향기로울 수 있나니. 옆구리의 검정 봉다리에서 내 시든 이파리 부스럭거린다

Ⅲ

흰구름

노스님께서

목욕탕 바닥에 가부좌 틀고 앉아

목탁인 양, 발바닥 받들어 군살을 깎아내고 있다

오래 걸어온 사람의 아름다운 발에서

한 꺼풀씩 책장이 넘어가고 있다

막 장화를 벗은 농부의 발바닥

그 육산(肉山)의 검은 골짜기처럼

빼곡한 글자들은 없지만

노스님의 발바닥에서 밥풀꽃이 피고 있다

그간 들이마신 흰구름, 켜켜이 몸풀고 있다

새우란

속푸리 칼국수집 재떨이 위에 난초 화분이 놓여 있
다. 쓰임새를 벗어나 새로운 자리를 틀고 앉은 재떨이
의 입에 푸른 기운이 가득하다. 파리 덕지덕지 쉬고
있는 난 잎을 바라보고 있자니, 재떨이만도 못한 내
입에도 난 한 뿌리쯤 키웠으면 싶다

할 수만 있다면 힘없는 파리들이 겨울을 날 수 있는
이파리 넓은 새우란을 머금고 싶다. 보잘것없는 내 본
래의 쓰임새에서 나를 내동댕이칠 수만 있다면 저 정
도는 되어야겠다고 속을 푼다. 난 뿌리 같은 국수 가
락을 삼키며 훅훅 난 잎을 피워본다. 짐짓 눈을 감고
꽃대도 밀어올린다

불 단 꽁초가 배꼽에 박히고, 나는 지지직 퇴촉이
된다

나에게 쓰는 편지

모나게 살자
샘이 솟는 곳
차고 맑은 모래처럼

모서리마다
빛나는 작은 칼날
찬물로 세수를 하며

서리 매운 새벽
샘이 솟는 곳
차고 맑은 모래처럼

앗!

못자리 끝내고
해거름의 고무신에 맨발을 넣었는데
그 어두운 신발코 속에 개구락지 웅크리고 있을 때

칠흑을 헤치며 뒷간 가는 길
고무래 잘못 밟아 쭈뼛 머리통을 때릴 때

점점 좁혀오는 궁지
한발 두발 뒷걸음치다 몸 돌려 내빼려는 순간
이마빡에 전봇대 부딪칠 때

한나절 내내, 백사십 살 잡수신 소나무를 베다가
  나이테 중심부에서 부러진 톱이 송진에 물려 옴짝
달싹 아니 할 때
  돌아앉아 담배를 피우는 울화통의 등허리 위로
우지직 그 소나무 넘어올 때

우리는, 앗! 목젖을 찢는다

내가 파놓은 허방에

관절염의 어머니가 거꾸로 처박힐 때

그러나 이보다
더 아름다운 감탄은, 세상에 없다

골 깊은 손금 위에 볍씨를 올려놓고
송진 같은 목소리로 읊조리는 한마디 말

씨앗!

숨쉬는 집
―有用柱 劉容珠

개미가 촉수를 떨구지 않듯, 목수는 연필을 내려놓지 않는다. 마른침 발라 귀에 꽂고, 나무를 가늠한다. 연필심의 까만 눈동자가 목수보다 먼저 뼈대를 그린다. 외눈만 떠도 훤히 보이는 집의 풍채. 그러나 영혼의 구들장은 감은 한쪽 눈으로 들이는 것이다

가볍게 필을 받들고 있는 귓바퀴의 어깨, 그 작은 그늘에서 향나무 냄새가 풀어진다. 목수의 귀는 필통이다. 향합이다. 그곳으로 집 한 채의 숨결이 들고난다. 서늘한, 남은 한쪽 귓바퀴엔 담배가 끼워져 있다. 그의 집도 88라이트처럼 불이 꺼진 뒤, 연기로 사라질 것이다. 연필 자국과 마른침에서 오래도록 불길이 솟는다

진흙에서 찰흙으로

쓰레기를 태우다가 두엄무지에 불이 붙었다. 쇠스랑으로 파헤치자, 오래 전부터 타오르고 싶었던 가슴 한복판에서 무럭무럭 김이 솟아오른다. 이곳에 와서는 안 될 쇠못과 나일론 빗이며 볼펜심이 생으로 박혀 있다. 범벅범벅, 똥오줌에 짓밟힌 것들이 흙으로 가는 중이다. 겨울을 지난 허허들판에게 뜨거운 알몸 보여주기 위해, 훅훅 진흙을 달이는 사랑. 되새김질을 끝낸 것끼리 부둥켜 끓어오르는 두엄무지에서, 철늦은 내 사랑도 달아오른다. 언제 진흙을 지나 찰흙으로 갈 것인가

은행나무

주민등록등본 둘째 줄에서
잠시 외출한 저 여자

바바리코트에
밥알이 말라붙어 있다

노란 은행나무 아래에서
서성거리는, 흰자위 밥알이

업어 키운 애들의
머리통만하게
바바리코트의 등이 바래져 있다

허연 등판으로
저 여자의 김은 새버린 것이다

그러나,
밥알 쪽으로 구린내를 밀어내며
비린내 싱싱해지는 은행알들

가을하늘이, 문득
압력밥솥 같다

냉장고

　　문이 열려도 숨을 내쉬지 않고, 에어커튼을 치는 신형 냉장고가 있다 숨을 오래 참는 놈이 장수한다는 것은 이미 알려진 일이지만 기계까지 최대한 숨통을 조이다니 기술공학의 쾌거라 아니할 수 없다 체온이 올라갈 때에만 겨우 심장을 가동시키다가 숨통이 열리자마자 외부의 공기를 차단한다는 것은 말 그대로 氣絶이 主食이란 것이다 심지어 우리의 손이며 팔뚝까지 에어커튼 안에 들기만 하면 순간 기가 질려 모든 숨구멍이 막혀버리니 그 어떤 물건이든 신선도가 오래가는 것은 당연한 이치다

　　때로 기어코 빨리 썩어서 생각보다 일찍 출옥을 하는 독종들도 있지만 그들이 이룰 수 있는 것은 할복을 당하거나 박살이 나는 보복성의 막숨 한 번일 뿐 보글보글 맛깔 낼 때까지 뜨건 숨을 내쉴 수 있는 것은 아니다 다시금 냉장고 안으로 들어오는 같은 이름의 독종들은 안창 빙벽에 살을 에며 가장 긴 숨을 견뎌내야 한다

　　때로 에어커튼이 고장이 날지라도 놈은 끊임없이

스스로를 식히고 얼릴 줄 안다 식탁이 있는 거실 냉장
고 앞에 식솔들을 앉혀놓고 냉정해야 한다고 충고하는
일은 얼마나 터무니없는 일인가 냉정함을 되찾으려 쉴
새없이 들숨 날숨을 반복하지만 열받친 몸과 심장은
눈금 한 칸 내려서질 않는다 비틀비틀 집으로 돌아와
다시 독한 술을 꺼낼 때에도 놈은 아랑곳없이 에어커
튼을 내리고 듬직함을 잃지 않는다 드넓은 바다부터
자잘한 텃밭까지 거느리고 계신, 위대한 家長이여

새털구름

머리와 꼬리의 수평을 위해, 오리는
똥구멍 언저리에 폐유 창고를 둔다
부실해진 날개 대신 목이라도 늘여야지
안간힘을 다해 고개를 꺾는다, 처음처럼
알로 웅크려야 기름을 찍을 수 있다

물 속에서도 물에 젖지 않기 위해
목만 진화하는 오리들, 제 똥냄새를 맡으며
매무새를 단장하는 구도의 오리떼들,
그러나 탈곡기 소리처럼 날아오르던 오리들은 이제
없다
있다 하여도, 부남호나 둔리저수지에
철 맞춰 날아오는 것들뿐이다

오리탕 전문집 그물망 속 오리들은
오리탕이 무엇인지, 아는지 모르는지
죽기 전까지 제 똥으로 깃털을 뭉갠다
초롱초롱 눈만 맑으면 무엇하나, 그 옛날
저수지 속 하늘이 밥그릇이었을 때
구름 속에서 건져올린 번개 치던 물고기들은

얼마나 아름다웠는가, 기억도 못 하는 진흙덩어리들

물고기가 통째로 지나가던 목울대
단칼에 떨어져나가고, 발가락 끝
한 방울의 피까지 식도를 빠져나오고 있다
털마저 뽑힌 뒤라야, 온몸에
소름이 돋는 참회가 오는 것인가
하염없이 가늘어진 날개가 오돌토돌하다
펄펄 끓는 탕 그릇 속에서도
소름이 가라앉지 않는 살점들

오리탕집에서 이빨을 쑤시며 나오는
사람들의 항문 둔덕에도 기름 창고 빵빵하다
짧은 목 움츠려, 이쑤시개까지 빨아먹는 폐유통을
문경지우처럼 불러대는 진흙덩어리들, 그 그물망
위로
피 묻은 새털구름이 날고 있다
저, 소름이 무성한 하늘의 살점들

저돌적인 사랑

마른 저수지에 들이댄 양수기다
내 사랑은, 호스로 몰리는 진흙 범벅처럼
거품 들이켜는 소리가 몸 안을 돌아다닌다
흙탕물 사이사이 물고기도 달려나오는 여름 한낮
마른 내 가슴만 적시려는 치우친 욕망 때문에
목놓아 매미가 울고 볏잎이며 미루나무가 고개를
흔든다
양수기의 거친 숨소리가 저수지 바닥에
골골 도랑을 파놓는다

하지만 추억 어디를 펼쳐도
나 혼자 일을 저지른 적은 없다
두렁을 건너오는 들밥과
오이냉국 속 얼음 조각 때문에
구름도 서편으로 가고 있다
구름 한 조각도 저 혼자는 자리를 뜨지 않는다
버드나무로 날아가 발가락을 다듬는 저 된장잠자리도
들밥을 이고 오는 치맛자락 때문이다

장마가 와서 저수지가 넘쳐도

양수기를 떼내지 않을 것이다
주황색 호스만 물 위로 떠올랐다가
가물면 다시 제자리로 내려앉을 것이다
사랑은 더욱 지독해져서 네 품에서만
떴다 가라앉았다 할 것이다
너는 내 일생의 저수지고
나는 호스의 끝에 매달린 쇳덩어리, 돼지머리다

깡마른 내 약력은 이 저수지에서
마지막 물을 들이켤 것이다
우그렁 눈으로 푸른 들을 바라보는 저수지여
멧돼지 머리통처럼 나는 너에게 저돌적일 뿐이다
둑마다 콩포기 짙푸른 우리의 신혼방

저수지의 젖꼭지를 후벼파는
멧돼지의 등허리 위로 한떼의 숨가쁜 바람이 덮친다
너의 젖꽃판 옆으로 숨막히게 자라는 잡풀들
때론 논에 고인 몇 모금의 물을
너에게 되돌려주고 싶을 때 있음을 아는가

빈 방

누가 꺼버렸나? 너를 보내고
홀로 돌아와야 할 나를 위하여
불을 켜놓고 나왔는데,
유리방 속에서 홀로 애단
빛의 기다림 터져버렸구나

날이 선 알전구의 밑동을 빼내자
둥글게 드러나는 빈방의 뿌리
환한 날을 손꼽아 마주 걸었던 새끼손가락
덩굴손이 툭 끊어져 있구나
이마가 끓는 유리알 속에
퉁퉁 부은 얼굴 하나 떠오르는구나

네가 아주 가버린다면
나는 철철 손가락을 물어뜯으며
깜깜해질 것이다, 새끼손가락도 없이
허공으로 덩굴손을 들이미는 표주박처럼
빈방만 주렁주렁 매달릴 것이다

화촉도 켜보지 못한 빈방,

그런 폐가의 지붕이나 밝히는 박꽃처럼
지지도 못하고 시들어버릴 것임을, 아는가
너만이 나를 꺼버릴 수 있음을

마늘밭을 지나다

마늘종에는
마늘종 송아리라는 작은 마늘통이 매달린다

위아래에, 마늘은 왜
따로따로 씨통을 만들까

땅 속 굵은 밑알과
땅 위 송아리 사이에
질긴 끈, 마늘종이 있다

살아 눈총맞다, 죽어
된장독에 처박히는 괴로운 종

햇살 쪽, 꼬리 긴
마늘종 송아리를 뽑아내야
땅 밑 육쪽마늘이 실해진다

한치 어둠도 괴로워
지상으로 퍼올렸던 젊은 날이 시들며
아랫도리 알싸해진다

하지만, 그 마늘종 송아리를 씨앗으로 묻으면
쪽 없는 한 통 되마늘을 만날 수 있다

지하로만 내려갈 수 없었던
마늘종 송아리의 나날들이, 마늘밭에 가득하다

쇠 집

　어마어마한 쇠집, 귀퉁이에 붙어 있는 초등학교는 곧 폐교가 될 것이다. 아직 헐지 않은 함바, 개망초꽃들이 일제히 초등학교 쪽으로 고개 숙이고 있다. 버려진 것들은 제 마음을 숨길 수 없는 것이다. 풀숲에 내동댕이쳐진 목장갑이 주먹밥처럼 뭉쳐져 있다. 부흥회가 몇 차례 쇠집을 부풀렸다 내려놓았는데도 손깍지를 풀지 못하는 목장갑, 쇠집 지붕에 양가죽을 입히려다가 빚더미에 짓눌린 신도 한 명이(빚보증은 쇠집장이 수고하셨다) 뒷산 소나무에 목을 매단 사건이 있었다. 숨이 멎은 뒤 보름씩이나 하나님은 왜 입을 다물고 계셨을까. 목장갑의 손아귀에 그늘진 핏자국, 버려진 것들은 안창에 피가 뭉개져 있다. 입이 커다란 저 쇠집도 손깍지를 풀지 못하는 목장갑에 불과한 것, 슬픔과 침묵의 올들이 삭아 흙이 될 때까지 기다려야 할 뿐이다. 열 손가락 어두운 구멍이 아늑한 방이 될 수 있을 때까지, 그 구멍 속에 들풀거미가 집을 짓고 개망초가 꽃대를 밀어넣을 때까지, 여기는 하늘이 아니다. 가장 커다란 건물에서부터 치밀어오르는 변두리의 밤. 그 어둠을 등으로 밀며 계란 노른자 같은 개망초꽃들이 배광의 꽃잎을 털어내고 있다. 칠흑 속에서도 저 혼자 환한 양계장처럼 쇠집이 무정란을 낳기 시작한다

목욕탕에서 쓰는 편지

닳아 없어지는 게 낫다. 해바라기하며 호젓이 양달에 누워 있는 비누를 보았느냐. 그것도 향이라고, 쥐이빨 자국을 모서리마다 문신하고 흰 분칠로 놀아나는 꼬락서니를. 살이 틀 대로 터버린 뒤, 따순 물을 만나도 거품 일지 않는 쇠딱지 같은 슬픔을

응달 습한 곳에서, 알몸과도 만나며 물러지는 것이다. 나는 이제 작고 보잘것없어졌구나. 올이 나간 스타킹 속에서 고린내 나는 운동화나 닦을 것이다. 알뜨랑아, 단단한 것이 좋은 것만은 아니다. 내 여기에서 가물가물 너를 기다리마. 햇살을 너무 그리워 말아라. 낡은 스타킹만 남긴 채, 우리는 해탈하는 것이다

각 목

　아파트 공사 현장, 포장되지 않은 길가에 은행나무
들이 서 있다. 사람이 들기 전에 나무부터 옮기는 것
은 아름다운 일이다. 이차선의 아스팔트 아래, 상하수
도며 복잡한 전화 케이블을 비껴 실뿌리를 넓혀갈 은
행나무들. 아파트의 수명이 자신들의 운명임을 알고
있을까. 허리마다 수갑이 채워지고 버팀목 대신 쇠파
이프가 재갈처럼 물려 있다. 안쓰러워라, 가을도 먼데
노란 이파리를 떨구는 은행나무들

　방바닥에 누워 바라보는 창밖, 유난히 흔들리는 나
뭇가지가 있다. 내다보니, 그 중에 굵다는 녀석에게
플래카드가 묶여 있다. 저렇듯, 깃발을 들고 있는 자
가 몸 괴로운 것이다. 실뿌리는커녕 있던 대공도 썩어
버리고 새순마저 꺾이는 젊은 나무들이 어찌 저 은행
나무뿐이랴. 양손에 팽팽하게 각목을 들고 있는 어린
은행나무 두 그루

　부르르, 움켜쥔 몽둥이가 얇은 헝겊 쪼가리에 가려
져 있다

IV

대추나무

가시만으로 가볍게 겨울을 건널
다섯 살바기 대추나무 두 그루에
무밭 한 뙈기가 걸쳐 있다

저, 솜털가시 싯푸른 무 줄거리들
눈비 맞으며 말라가리라

땅바닥으로 머리를 디미는 시래기의 무게와
옆구리 찢어지지 않으려는 어린 대추나무의 버팅김이
떨며 떨리며, 겨우내 수평의 가지를 만든다

봄이 되면 한없이 가벼워진 시래기가
스런스런 그네를 타고, 그해 가을
버팀목도 없이 대추나무는
닷 말 석 되의 대추알을 흐드러지게 매다는 것이다

누더기 사랑

회다리 아래에
염소가 묶여 있다

무릎 벗겨진 뒤로
목사리를 푼 적 없는 늙다리,
봄비 맞으며 털갈이를 하고 있다

(염소의 겨울옷을/둥지로 옮길 거예요/누추한 것
중에/사랑만큼, 아름다운 게 있나요)

산란기의 새와 염소의 눈맞춤,
그 아름다운 물 무늬를 송사리들이 입질하는 봄

수없이 새끼를 빼앗긴 젖퉁이
붉은 얼굴로 굽어보고 있다

고삐에 시달리며
맨 먼저 털갈이를 시작하는 목 언저리
숨통에 자르르 윤기가 돈다

한데서 겨울을 견딘
저, 당당한 누더기 한 벌

폐　차

청솔아파트 공사 현장에 대형 트럭이 들락거린다.
끌려나온 진흙덩어리가 뭉떡뭉떡 떨어져 있다

분양사무소에서 나눠준 기념 타월로 풀린 파마머리
를 추스른 아주머니들, 트럭의 발자국을 긁어내어 공
터에 버리고 있다. 아스팔트에서 흙마당으로 돌아간
마른 흙들이, 풀풀 기쁘게 날아오른다

삽날 부딪는 소리가 제 뼈마디에서 나오는 듯, 몸서
리치는, 아주머니들의 아랫배 위로도 수없이 트럭이
지나갔을 것이다. 밟고 지나간 품으로 다시 기어들어
올 폐차들, 저 수건을 풀어 감싸안을 것이다

노른자 같은 저 노란 수건이, 태어나 맨 처음 누웠
던 포대기다. 저곳을 떠나 진흙이나 뭉개다가, 완전한
폐차가 되어서야 돌아가는 수컷들

내려가야지 내려가야지 중얼거리며, 폐차에 다시
시동을 건다

청국장

영덕식당 아주머니가
청국장 백반을 이고 온다
신문지 한가운데 둥근 투가리에서
김이 폴폴 오르고, 그걸 맛보겠다고
하느님이 눈발이 되어 뛰어내린다
하느님도 무게가 제법인지
아주머니가 허리를 펴고 멈춰선다
여관 신축 공사장 삼층으로 오르면
눈발 하느님은 국물도 없을 것이다
시멘트 범벅인 장화 하느님들이
단체손님을 받을 제일 큰 방에서
신문지를 확 걷어치울 것이기 때문이다
삽자루나 질통에 이마를 부딪힌 채
선배님들의 입 속으로 후룩후룩 넘어가는
청국장을 아름다이 바라볼 것이다
그들 가운데 젊은 운동화가
컵라면 빈 그릇에 남은 반찬을 쓸어담아
소주 됫병 옆에 밀어놓는다
저걸 한 모금 들이켰으면 좋겠다고
눈발 하느님이 몸서리를 치자
크윽, 눈길도 없이 녹아버린다

논
—남준형에게

옥수숫잎 펄럭거리는 밭두둑을 건너 모악산에 갑니
다 옥수수 수염 같은 구름이 세상 여물기를 기다리고
있습니다 몇 마디 단물을 퍼올린 적 있었지만 한번도
대나무가 된 적 없는 수수깡, 구름의 마음이 뭉쳐졌다
흩어졌다 합니다 풋옥수수 같은 산자락을 벗기면 여물
지 않은 모악의 젖꼭지가 볼록하리라, 우쭐거리며 올
라갑니다

산중턱에 다다르자 네모난 바위들이 층층 쌓여 있
습니다 무슨 절터인 듯도 하고 성터인 듯도 한 담쟁이
덩굴 위에 올라섭니다 손바닥만한 논입니다 미륵보살
콧구멍만한 어둠이 가슴을 칩니다 여기에 서서 햇살
끌어당겼을 벼포기와 이곳까지 단물 퍼올린 마른 옥수
숫대, 그 사람을 그려봅니다 담쟁이덩굴 같았을 깡마른
농부의 핏줄이 내 마른갈이 가슴으로 물길을 틉니다

저 손바닥배미를 떠받들고 있는 바위들이 모악(母
岳)입니다 물을 잡고 두렁을 매던 곡괭이 같은 그의
등허리가 바로 모악의 젖꼭지입니다 옥수숫대를 씹다
보면 입술도 터지고 입천장도 찢기는 것, 나는 다시

거친 세상의 옥수수 밭으로 내려갑니다 손바닥배미는
그대로 있고 잡초만 따라옵니다 모악은 그대로 남아
있고 담쟁이덩굴만 덫을 놓습니다 논의 품은 앞서 내
려갔는지 보이질 않습니다

봄비 내린 뒤

개 밥그릇에
빗물이 고여 있다

흙먼지가
그 빗물 위에 떠 있다

혓바닥이 닿자
말갛게 자리를 비켜주는
먼지의 마음, 위로

퉁퉁 분 밥풀이
따라나온다

찰보동 찰보동
맹물 넘어가는 저 아름다운 소리

뒷간 너머,
개나리 꽃망울들이
노랗게 귀를 연다

밤늦게 빈집이 열린다
누운 채로, 땅바닥에
꼬리를 치는 늙은 개

밥그릇에 다시
흙비 내린다

축 결혼

　여기, 신랑은 강 같은 사나이다. 강도 무럭무럭 김
솟는 겨울 강이다. 낚시꾼들과 놀기에는 성이 안 차서
장병 일개 중대쯤은 위통을 벗기는 새벽 강이다. 물에
도 척추가 있다고 뼈마디를 바로잡는 소리, 한 자락씩
들려주는 겨울 새벽 강이다

　강 언덕 쓸쓸한 갈대들도 신랑의 것이고, 눈보라를
밀며 나는 겨울 철새도 신랑의 품에서 배를 채운다.
가장 가물었을 때에도 물고기를 내몰지 아니했으며,
장마가 졌을 때에도 들녘 벼포기를 휩쓸지 아니했다

　여기 신랑은 바다를 물고 있는 강이다. 다른 한쪽
실마리엔, 산꼭대기에 젖줄을 대고 있는 엄동설한 겨
울 강이다. 제아무리 강이 언다 해도 물고기를 얼어죽
게 하는가. 지느러미 하나 다치지 않도록 제정신만 깨
우며 흐르는 겨울 강이다

　그리고 나는, 저 아리따운 신부를 잘 알지 못한다.
그러나 아무나 강을 사랑할 수 있는 게 아님을 안다.
아무나 겨울 강에 입맞출 수 있는 게 아님을 안다. 깡

똥한 치맛자락에 빨랫감을 안고 내려오던 조선의 아낙
만이, 새벽 강을 깰 수 있음을 안다. 겨울 강에 아낙
이 내려오면 금세 봄이 온다는 것을 안다

  그리하여 오늘부터 이들 일가는 씨나락을 적시는
봄 강이다. 강 언덕의 새싹이 이들의 것이고 둥우리마
다의 새알과 새 새끼들의 노랫소리가 이들 일가의 재
산이다. 그리하여

  오늘 우리들의 박수는 세상 모든 강물이 풀어진다
는 경칩 개구리들의 노랫소리인 것이다

매 미

여름 내내, 매미는
숲속 가득 전기면도기를 돌린다
철망 밖으로 칼을 내밀지 않고도
날을 돌려 푸른 수염을 깎는다

여름의 끝, 된서리가 몇 차례
땅의 살을 그은 뒤라야
면도를 마치고 나무에서 내려온다

그러나 벌써 겨울이다
살점의 마른 잎 위에
하늘은 다시 비누거품을 풀어놓는다

그 첩첩의 눈 속에는, 언제부터인가
흙에 코드를 꽂고 주름주름 충전을 하는 굼벵이들
봄을 향해 언 땅을 흔들고 있다

껍질의 힘

　닭똥집에 소주를 먹는다 집 한 채가 왜 이리 쉽게
무너질까 똥집의 내장 벽지를 뜯어냈기 때문이다 유리
로 만든 집에서 질긴 썬팅 막을 걷어낸 격이다 내가
독한 소주를 견딜 수 있는 것도 내 똥집 속의 내장 벽
지 때문이다 욕지거리를 참아내는 내 심장 속 가죽 부
대도 질긴 막으로 묶여 있다

　껍질을 깎아낸 감자는 독이 오르지 않는다
　씨눈이 떠났기 때문이다 껍질은 오히려 나를 살리
는 씨눈의 곳간, 껍질을 벗긴 갈대는 마디를 꺾는다

　철면피에 녹 방지용 웃음도 피우며 살아가는 것이
다 소주잔을 털어넣고 집으로 향한다 저 질긴 내장 벽
지 안에는 아내와 아이들이 씨눈을 흘기며 나를 기다
리고 있다 감자를 썰어 넣은 된장국이 졸았든지 식었
을 것이다 음식물 쓰레기통에 처박힌 감자의 독오른
눈초리가 초침을 뽑아들고 있을 것이다 내 온몸의 씨
눈들이 문을 열고 눈치를 살핀다

　당신이 독이 오르는 이유도 다 씨눈이 싱싱하기 때
문이다

대동여지도
──학수형에게

옆으로 옆으로

지도를 그리는 농게처럼

바닷가 뻘밭에서 별빛 촉수를 세우고

옆으로 옆으로

대동여지도를 그릴 때까지

뭍으로 바다로, 눈물 젖은 농게의 촉수처럼

汁

양철 지붕 위
십자가에서 녹물이 흐른다

하나님의 마음은 이렇게 어린아이 같다고
목사님이 흰 페인트 통을 들고 올라간다

신나로도 씻을 수 없는 게 있지요
목장갑 너머 붉은 노을을 바라본다

저 아름다운 녹물을 지나야만
빛이 되는 가난한 별들

석 양

갓개라는 작은 마을을 지나
금강 하구 둑에 앉은 사내
아무 일도 없는 물살에
눈길을 내려놓고 있다
천천히, 제 한 몸으로 노 젓는
살얼음을 바라보고 있다

한때 자신의 대청마루였던 얼음 조각을
시린 물갈퀴로 부숴뜨리는 새떼들

작은 것에 금이 가는 것이지
저 사내의 나이테를 치고 간 것도
얼음 조각처럼 하찮은 것이었다
살얼음의 잔가시에, 그의 목젖
우렁우렁하던 실핏줄은 터져버렸다

밀물처럼, 겨울 새떼와 살얼음을
상류 쪽으로 몰고 오는 목선 한 척
다시 한번 차고 오를 날 있으리
헛기침으로 갓개를 떠나는, 저 석양 한 칸

천천히, 제 한 몸으로 노 젓는 살얼음이
실핏줄을 돋우고 있다

고기를 낚다

금강 하구 둑에 앉아
먼 길 달려온 강물의 끝과
흙탕물부터 시작하는 바다를 본다

어디까지 강물이고 어디부터 바다인가
갈매기 날아오르는 곳까지가 바다인가
갈대꽃 휘날리는 언덕까지가 강인가

여기 앉아, 지난날의 뻘이나 주물거리는
나는 바다에 가까운가, 강물도 기억 희미한 시궁창
에 가까운가

바람에게 물어본다
제련소 굴뚝에게 물어본다

도마 위에 낙지를 치는 아줌마에게
물어보지 못한다, 아줌마의 등에 묶인
꼬막 같은 아이에게 물어보지 못한다

그대여, 강 상류에도 바닷고기 다다른다

그의 뱃속에 천길을 달려온 알집이 있으리라

바다 한가운데에도
상처 난 송사리가 떼로 살아간다
그의 가슴에 백화만개의 눈송이도 받아먹는
바다가 출렁거리리라

알집에 술을 붓는다
가슴속, 바다에 노을이 번진다

산

산이 눈에 들어갔을 때?

맑은 탄산수소나트륨 용액으로 씻은 다음
다량의 물로 세척한다

과학실 창밖으로 오래도록 먼 산을 바라본다

눈에 산이 들이칠 때
머리 처박는 잡목 숲 마른 가지를
하얀 억새꽃으로 쓰다듬는다
간 아래 실핏줄의 계곡마다 피멍이 들면
생풀도 짓찧어 마시고 칡뿌리도 캐먹는다
새알을 훔쳐 눈망울도 갈아끼운다
부화가 되기 전에 둥우리를 틀 만한
푸른 가지를 점찍어둔다

눈에 산이 들어와 앉을 때
산정의 하얀 눈이나 차운 바람으로 씻은 다음
맑은 구름을 안대처럼 두른다
다량의 새소리로 온몸을 닦는다

닭

털 뽑기 까다롭거나
다듬기 어려운 데가 찰지다

닭모가지, 닭날개,
닭발, 닭똥집, 닭대가리

씩씩한 닭일수록, 살아
빛나게 다스렸던 부위다

삼복 더위를 건너지 못한
중병아리에게도
까탈스런 곳은 있다

멀찍이, 젓가락으로 건너뛰거나
우물우물 뱉아버리는 우리에게

이빨 새까지 따라와
힘줄을 겨루는 질긴 것들과
그 언저리가 숭엄하다

가시연

세심사에 앉아 역재방죽을 내려다본다

누가 봐도 얇은 절, 주차장과 불상이 마당 하나로
가깝다 물풀의 발등이 다 보이는 방죽, 대밭 때문에
세심사의 온몸을 닦아주지는 못한다 얕은 물이 욕심도
많아 하늘이 깊다 방죽 가운데 작은 섬엔 봄 한철 벚
꽃 흐드러지고, 나무 아래엔 충성심 깊은 개의 무덤도
있다 마음이 젖은 바가지라서 둑을 지나는 기차 소리
도 깨알같은 글씨로 받아적는 역재방죽

언제부터 뿌리를 내렸나, 멸종 위기라고 알려졌던
가시연이 방죽 안에 가득하다 수초 사이사이 맑게 둠
벙을 열어 소아과 주사실처럼 낚시찌도 꽂고 있다 사
람의 눈길 없이 어찌 저 홀로 반짝일 수 있겠어요 엄
살엄살 세심사를 올려다보는 방죽의 눈, 작은 섬에서
개 짖는 소리 건너와 댓이파리를 흔든다 읍이 커지면
방죽을 메우려 할 것을 어떻게 알았을까 가시연을 살
리자는 녹색 친구들의 플래카드가 백로떼처럼 펄럭거
린다

저 가시연이 내 몸 속에도 살고 있다고 너에게 편지
를 쓴다 얽히고설킨 너의 수초 사이에 이 꽃짐을 부릴
것이라고 석양에다 쓴다 세심사도 가시연꽃 한 자리를
시멘트 벽면에 옮기고 있다 내 욕심의 방죽에도 너라
는 가시연이 있어, 세월은 그 무엇으로도 나를 메우지
못할 것이라고 철로 위에 쓴다

편지를 닫자 봉곳봉곳 연꽃 봉오리를 밀며 기차가
간다
창마다 가시연꽃 우표를 붙이고 너 있는 서쪽으로
마지막 열차가 간다

죽음을 거느린 생명의, 그 면면함

문　혜　원

1 이정록의 시는 작고 주변적인 것들에 초점을 맞추고 있다. 그는 거대한 뿌리를 가진 큰 나무보다 그 밑에 있는 어리고 작은 나무를 보고, 울창한 이파리로 그늘을 만들기보다는 땔감이 되길 원한다. 모두들 더 큰 목소리를 내며 앞으로 달려가려고 하는데, 그는 마치 무엇을 떨어뜨리기라도 한 것처럼, 자꾸 뒤돌아보며 걸음을 늦춘다. 모두가 지나간 흙먼지길에서 그가 허리를 구부려 주운 것은 무엇이었을까. 큰 것들 사이사이에 숨어 있는 조그마한 것들, 작은 식물, 벌레들. 혹은 형광등이나 목침이나 냉장고 같은 사소하고 일상적인 것들. 대부분의 사람들에게 너무나 보잘것없는 이것들에게서, 이정록은 살아가는 지혜를 배운다.

　작은 나무들은 대부분 큰 나무에 가려 보이지 않지만, 그러나 그것들은 큰 나무들이 잠시 휴지기에 접어들었을 때("큰 나무들이 잠시 숨돌리는 사이" "어른들이 겨울 들녘처럼 숨고르는 사이"〔「숟가락」〕) 성큼성큼 자라난다. 큰 것들이 쉬는 동안에도 생명 활동은 여전하며, 세상 역시 아무 일도 없는 것처럼 고요히 유지된다. 그것은 눈에 보이지는 않지만 항상 낮은 자리에서 제 몫의 생명을 다하는 작은 것들 덕분이다. 이정록의 시선은 그것을 향하고 있는 것이다.

> 땅바닥으로 머리를 디미는 시래기의 무게와
> 옆구리 찢어지지 않으려는 어린 대추나무의 버팅김이
> 떨며 떨리며, 겨우내 수평의 가지를 만든다
>
> 봄이 되면 한없이 가벼워진 시래기가
> 스런스런 그네를 타고, 그해 가을
> 버팀목도 없이 대추나무는
> 닷 말 석 되의 대추알을 흐드러지게 매다는 것이다
>
> ——「대추나무」

밑동을 덮고 있는 시래기의 무게를 견디며 어린 대추나무는 힘겹게 겨울을 난다. 이윽고 봄이 되어 시래기가 말라비틀어져 사라지고, 그 가을, 어렸던 대추나무는 풍성하게 열매를 매단다. 대추나무가 이처럼 "버팀목도 없이" 대추알을 흐드러지게 맺을 수 있는 것은, 시래기의 무게를 견디며 스스로 버티는 법을 배웠기 때문이다. 실상 시래기는 대추나무가 튼실하게 자랄 수 있도록 나무를 감싸고 있었던 것이다. 서로가 서로를 지탱하며 보듬

어주는 자연의 작은 생명들에서 이정록은 세상을 살아갈
기본적인 좌표를 얻고 있다. 그러므로 그의 시는 자연스
럽게, 대상에 대한 섬세한 관찰에서 시작해서 그 대상에
인간적인 가치를 부여하고 교훈을 얻어내는 알레고리적
인 수법으로 씌어지게 된다.

　　할 수만 있다면 힘없는 파리들이 겨울을 날 수 있는 이파
리 넓은 새우란을 머금고 싶다. 보잘것없는 내 본래의 쓰임새
에서 나를 내동댕이칠 수만 있다면 저 정도는 되어야겠다고
속을 푼다. 난 뿌리 같은 국수 가락을 삼키며 훅훅 난 잎을
피워본다. 짐짓 눈을 감고 꽃대도 밀어올린다

　　불 단 꽁초가 배꼽에 박히고, 나는 지지직 퇴촉이 된다
──「새우란」

　시인은 칼국수집 재떨이 위에 놓인 난을 관찰하고 그
것에서 힘없는 것들을 감싸안는 따뜻한 품을 배운다. 그
러나 난에서 얻은 이 교훈은 다음 순간, "속을 푼다"라
는 짧은 구절로 칼국수를 먹는 상황과 연결되고, "난 뿌
리 같은 국수 가락을 삼키며 훅훅 난 잎을 피워본다"라
는 부분에서 다시 장면 뒤로 사라진다. 그의 시가 상투
적인 수법으로 씌어져 있음에도 불구하고 신선함을 주는
것은, 대상에서 교훈을 끌어내는 데 그치지 않고 그 교
훈을 다시 시 안으로 녹여 돌려보내는 이런 유연함 때문
이다. 한걸음 더 나아가 그는 "새우란을 머금은 재떨이
가 되고 싶지만, 새우란 대신 담배꽁초가 박히고 나는

쓸모없는 퇴촉이 된다"고 말함으로써, 난이 되고 싶다는
희망과 퇴촉이 된 '나' 사이의 거리를 철저히 유지하고
있다. 대상에 대한 애정을 담뿍 안고 그것을 관찰하면서
도 그 스스로가 '대상을 바라보는 눈'의 위치에 있다는
사실을 망각하지 않고 있는 것이다. 이정록의 시에서 시
인은 자연을 지키는 사제(司祭)라기보다는 자신의 삶 속
에 들어온 자연의 부분을 꼼꼼하게 들여다보는, 섬세한
눈을 가진 인간이다.

마루에 앉아 알 껍질을 벗긴다
노른자가 한가운데에 있질 않다
삶기 전까지 끊임없이 꿈틀거린 까닭이다

물이 끓어오르자
껍질 가까이로 목숨을 밀어붙인
보이지 않는 발가락과 날갯죽지
그 힘줄과 핏빛 눈망울과 미주알을 생각한다

그 옛날 어미의 뱃속
또는 훨씬 이전의 꿈틀거림이 파도처럼 이어지며,
병아리는 알에서 깨어난 뒤에도
한참을 헛다리짚는 것이다

축문과 지방을 쓰고
마루에 앉아서 계란 껍질을 벗기다가
중심에서 멀리 나온 보름달을 만난다

발을 디디려
하얀 발톱을 들이미는 달빛
그 비척거리는 헛발을
달맞이꽃이 받쳐들자, 식은땀인 듯
밤안개가 깔린다   ——「달맞이꽃」

　이 시에서 '나'는 축문과 지방을 쓰고 젯상에 올릴 삶은 계란 껍질을 벗기고 있다. 그러다가 우연히 바라본 하늘에는 보름달이 떠 있고, 달맞이꽃이 피어 있다. 겉으로 나타나는 내용은 이처럼 단순한 것이지만, 실상 이 시는 죽음과 생이라는 선명한 대조를 바탕으로 직물을 짜듯이 촘촘하게 짜여져 있다. 시인은 한쪽으로 쏠려 있는 노른자에서, 끊임없이 꿈틀거리며 발버둥쳤던 생명을 발견한다. 뜨거워서 나가려고 몸부림쳤던 생명의 "보이지 않는 발가락과 날갯죽지／그 힘줄과 핏빛 눈망울과 미주알." 상식적으로 말하면 우리가 먹는 계란은 대부분 병아리로 부화할 수 없는 무정란이기 때문에, 계란이 꿈틀거렸다는 것은 거짓말이다. 그러나 시인은 계란이 무정란으로 구분되기 이전, 먼먼 옛날의 꿈틀거렸던 생명을 본다. 비록 지금은 먹히기만을 기다리는 생명 없는 계란이지만, 알이 되어 나오기까지 생명의 창조와 성숙의 과정은 엄연히 존재하는 것이다.
　이 꿈틀거림은 같은 알이면서 제대로 성장해나온 병아리를 통해 현실화된다. 막 깨어난 병아리가 내딛는 조심스러운 헛발질은 꿈틀거려온 생명이 감행하는 첫 모험이다. 그 헛발질은 마지막 연에서 둥실 떠올라온 보름달과 연결된다. 달빛은 마치 하얀 발톱을 디밀어 기어올라오기라도 한 것처럼, 어느새 마루를 비추고 계란 껍질을 까는 나를 바라보고 있다. 계란 노른자에서 병아리로 병아리에서 다시 보름달로 이어져온 생명의 꿈틀거림은 다음 순간, 달맞이꽃으로 옮겨져 꽃을 피어나게 한다. 병아리의 헛발질을 닮은 달빛의 헛발질을 옮겨 받아 피어난 꽃. 이윽고 꿈틀거리는 생명의 무게 덕분에 식은땀이라도 나는 것처럼, 밤안개가 깔린다.

이 시는 이처럼 노른자에서 병아리, 보름달, 달맞이꽃으로 이어지는 생명의 꿈틀거림을 주제로 하고 있다. 그 생명의 면면함은 제사라는 죽음의 고정된 형식을 배경으로 함으로써 더욱 강하게 부각된다. 이렇게 해서 '달맞이꽃'이라는 진부한 제목을 달고 있는 이 시는 보름달처럼 화안하게 빛을 낸다. 이것이 바로 이정록의 특징이다. 그는 단순하고 촌스러운 소재들을 즐겨 시적인 소재로 사용하지만, 그의 시 안에서 이 소재들은 묵은 때를 벗고 새롭게 태어난다. 그것은 사소한 것들에서 생명력을 발견해내는 시인의 애정과 섬세한 눈 때문이다. 이정록의 시는 이처럼 묘사라는 평면적인 방식에 동적인 움직임을 섞어놓고 있다. 그래서 그의 시는 멀리서 보면 평면적이지만 가까이 다가가보면 붓의 흔적과 오톨도톨한 작은 물감 알갱이, 화면의 재질까지가 입체적으로 살아나는 회화와 같다.

2 그러나 그의 시가 단순히 생명 있는 것들에 대한

헌사로 끝나버린다면 그의 시는 다른 자연시들과 특별히 구별될 수 없을 것이다. 이정록의 시를 '생명 있는' 것으로 만드는 것은 바로 그 뒤에 감추어져 있는 죽음의 배경이다. 자세히 들여다보면 생명을 소재로 하고 있는 그의 시들은 자주 그 한 편에 죽음을 거느리고 있다(「달맞이꽃」「부검뿐인 生」「형광등」「단골」「木枕」「피서」「고추의 방」「감나무」「모래의 집」「백살」「새털구름」 등).

안에서 두드리는 적설의 지붕. 날개를 달기 전에 숨을 놓는 것은, 출구를 버리겠다는 것이다. 뚫고 나가는 곳 어딘들 문이 아니랴만, 이게 끝이야. 스스로 환약이 되는 번데기의 마지막 생각이, 소리의 보온통을 만든다
—「고치 속에서 북을 치다」

삽날에 잘린 눈사람을 어루만진다
살집 속에 결을 만들어놓은 흙 부스러기
때문에, 삽날이 지나간 자리가 꽃등심처럼 곱다
아름다운 것이 이렇게 무서울 수가 있구나
등을 찍혔는데도 무늬를 보여주는 눈사람
—「눈사람의 상처」

고치를 벗어나겠다는 생각을 포기함으로써 소리를 만드는 번데기와 삽날에 등을 찍히고도 감추어진 흙무늬결을 보여주는 눈사람. 이것들이 생명의 결을 보여줄 수 있는 것은 죽음을 감수하기 때문이다. 달맞이꽃이 죽음을 배경으로 환하게 피어난 것처럼, 번데기나 눈사람 역시 죽음을 배경으로 생생하게 살아난다. 그의 시에서

'생명'은 이처럼 죽음을 거느리고 있으며, 그래서 더욱 뚜렷하게 살아난다. 따라서 아이러니하게도 생명을 말하는 것은 그와 똑같을 만큼 죽음에 대해서 말하게 되는 것이다.

이번 시집의 시들이 예전의 시들과 구분되는 것은 이 부분이다. 이번 시집에서 이정록은 상대적으로 자신의 개인적인 이야기들을 많이 드러내고 있다. 예전의 시들이 그를 키운 자연 환경에 바쳐진 시였다면, 이번 시집은 그보다 조금 안쪽으로 들어가서 그와 그를 둘러싼 사람들의 이야기라고나 할까. 이 부분에서 죽음은 시인의 간접 경험으로 선명하게 모습을 드러낸다(「형광등」 「감나무」 「木枕」 「피서」 「고추의 방」).

> 농약을 마신 막내삼촌이 막 숨 몰아쉬던 안마당
> 그때 그 자리에서 할머니가 마른 고추를 가른다
> 삼촌도 견뎠으면 맵고 붉게 익었을 것이다 고추 가위는
> 입만 벌리면 아직도 멀었다고 가위표를 내보이는데
> 조카들도 장성했으니 이만하면 됐다고, 삼십 년이면 충분
> 하다고
> 숨 멈춘 뒤에도 솟구치던 게거품이 노란 씨앗으로 쏟아진다
> 붉고 매운 눈물의 나날이 배를 가르고 뛰쳐나오자
> 고추의 빈 뱃속으로 햇살 들이친다 삼십여 년이면 족하다고
> 재채기도 없이, 삼촌의 방에 불이 켜진다
> 고추를 가르던 손으로는 눈물을 훔칠 수 없다
> 눈길도 없이, 나와 할머니의 눈에 붉은 등이 켜진다
> ——「고추의 방」

고추를 다듬고 있는 할머니와 '나' 사이에는 아무 말이 없다. 그러나 말을 하지 않아도 벌겋게 눈이 충혈된 할머니와 '나'는 죽은 삼촌 생각에 잠겨 있다. 삼촌의 죽음은 아직까지도 식구들의 머릿속에 생생하게 남아 있다. 농약을 마시고 가쁜 숨을 몰아쉬던 안마당이며, 숨을 멈춘 뒤 토해내던 게거품이며, 이 모든 것들은 심지어 튀어나오는 고추씨만 보아도 다시 생생하게 재현된다. 그 죽음의 기억 앞에서, 조카들이 장성할 만큼 흘러간 삼십 년이라는 세월은 아무런 위안이 되지 못한다. 삼십여 년이면 충분하다고 나는 고개를 젓지만 어느샌가 삼촌은 슬그머니 머릿속에 들어와 아직도 멀었다고 가위표를 내보이는 것이다.

이정록 시의 배경으로 깔리는 죽음은 이러한 개인사적인 체험에서 비롯된 것이다. 이런 면에서 볼 때 그의 시는 일찍 경험한 죽음에 대한 공포와 유혹으로부터 벗어나고자 하는 시인의 다짐과도 같다.

마음의 집에도 빛이 있어 무엇인가 밝힐 수 있다면 형광등 불빛쯤이 좋겠다. 켜놓고 잠들어도 눈부시지 않은 빛, 백열 전구처럼 몸을 날려 목숨을 끊는 일은 이제 나의 가계에서는 없어야겠다. 터져버린 알전구의 날 선 밑동을 돌릴 때, 섬뜩해라. 그 칼 가는 소리는 마치 이승의 빛을 서둘러 꺼버린 삼촌들의 신음 같다 ──「형광등」

"백열 전구처럼 몸을 날려 목숨을 끊는 일은 이제 나

의 가계에서는 없어야겠다"는 다짐은 시인이 얼마만큼 죽음에 지배되고 있는가를 역설적으로 보여주는 부분이다. 죽음에 대한 강박관념은 병마(病魔)와의 싸움처럼 현실적이고 구체적인 것이 아님에 틀림없지만, 실제의 죽음보다도 오히려 더 생생하게 전달된다. 자신의 핏속에도 흐르고 있을지 모를 죽음에의 충동을 누르고 그는 "가장 긴 숨을 견뎌내야 한다"고 수없이 자신에게 되된다. 죽어버리는 것은 아무것도 남기지 못한다. 오직 살아남은 것들만이 보글보글 맛깔을 낼 수 있는 것이다(「냉장고」). 이정록이 생명 있는 것들을 지지하고 예찬하는 데는 이러한 사적인 맥락이 놓여 있다.

늙음에 대한 긍정적인 시선은 따라서 너무나 자연스러운 것이다. 늙음은 오랜 세월을 참으며 견딘 자들에게 주어지는 훈장과도 같은 것이다. 그것은 생명이 스스로의 '생명됨'을 충실하게 유지한 흔적이다. 그래서 이정록은 할 수 있는 일은 없고 근심만 가득한 노년("밝기는 아직 쓸 만한데 말 많고 시끄러운 게 흠인 오래된 형광등처럼"〔「형광등」〕)을 거부하지 않고 그렇게 늙어가리라고 말한다. 양끝이 꺼멓게 타들어간 채 파리똥이 붙은 양철 갓을 쓰고, 줄을 당길 때마다 껌뻑껌뻑 둔하게 빛과 어둠을 내어주는 형광등처럼. 생명이란 소멸하기 직전까지, 아니 소멸의 순간까지도 살아 있다는 사실만으로도 온전히 아름다울 수 있는 것이다.

[3] 이정록이 집요한 죽음의 기억을 짐지고도("갈 날이 가까워지면 목침을 좋아하게 되지 / 나뭇결처럼, 숲으로 홀

러가고 싶은 게야/죽음이 두려운 나는 목욕탕에서도/땀에 전 목침 대신 바가지를 베고 눕지/천장의 물방울을 바라보며/나의 무덤에선 물이 나지 않았으면 좋겠다/흠칫 바가지를 고쳐 받친 적도 있지"(「木枕」) 삶을 긍정하게 되는 이면에는 넉넉지 않았던 유년을 지켜준 '어머니'라는 존재가 있다. 그의 시에서 어머니는 어떤 이유로 하여 실생활에는 무능력했던 아버지("가장이 할 수 있는 일이라곤, 식솔들이 무릎 꿇고 앉아 있던 밥상을 안마당에 내동댕이치는 것밖에 없었던 시절"(「밥상」))와 숟가락 숫자만큼의 자식들(「숟가락」), "아들 넷을 먼저 보낸"(「감나무」) 할머니까지를 부양해야 했던 사연 많은 여인이다. 그러나 그 와중에서도 어머니는 가족에 대한 애정을 잃지 않고 어려운 시절 내내 가족들을 감쌌던 둥지로 묘사되고 있다(「숟가락」「개똥참외」「감나무」 등).

그런데, 아니! 이 깊은 바지게 안창에! 엄니는, 세상에서 제일 예쁜 노랑참외를 숨겨놓으셨네. 너무 바빠서 잊었구나, 앞치마에 손을 훔치며 아버지를 깨우시네. 뒤꼍 담 너머로 마실 가신 할머니를 부르시네. 꼴깍, 된장독은 오늘따라 더 부풀어오르고, 땡감의 이마는 노을에 반짝거리네. 엄니가 드신 것은 곪은 거라 하시네. 눈코 문드러진 썩은 거라 하시네. 외양간의 송아지와 어미소는 왜 또 눈망울이 젖어 있지

—「개똥참외」

이정록의 시가 세상에 대한 신뢰와 따뜻한 시선을 간직하고 있는 것은 어머니가 남겨준 이 믿음 덕분이다.

어머니는 궂은일과 어려운 일을 마다 않고 가족을 위해 자신의 몸을 기꺼이 내어놓는다. 거기서 이정록은 모든 생명 있는 것들을 품는 여성성의 위대한 힘을 발견하고 있다.

　삽날 부딪는 소리가 제 뼈마디에서 나오는 듯, 몸서리치는, 아주머니들의 아랫배 위로도 수없이 트럭이 지나갔을 것이다. 밟고 지나간 품으로 다시 기어들어올 폐차들, 저 수건을 풀어 감싸안을 것이다

　노른자 같은 저 노란 수건이, 태어나 맨 처음 누웠던 포대기다. 저곳을 떠나 진흙이나 뭉개다가, 완전한 폐차가 되어서야 돌아가는 수컷들
　　　　　　　　　　　　　　　　　　　　　　　　　—「폐차」

세상의 모든 여성(암컷)들은 자신의 몸 속에서 생명을 길러 내보내고, 세상살이에 지쳐 돌아오는 그것들을 다시 감싼다. 결국 지치고 고달픈 삶을 지키고 다독거리고 날 선 죽음의 기억을 위무하는 것은 부드럽지만 강인한 여성의 힘인 것이다. 여성성은 생명을 키우고 감싸는 원천이며 나아가 세상을 지배하는 근본 원리이다. 그러한 원리를 이정록은 자전적인 경험을 통해 터득하고 있는 셈이다. 그의 시가 자연 예찬으로 일관되는 관념적인 생명시들과 구분되는 것은, 생명이 그 원천인 여성성과 체험적으로 연결되어 있기 때문이다. 그런 면에서 이정록의 시는 자연스럽게 자연·생명·몸으로 이어지는 생태페미니즘적인 흐름 속에 있다. 그 생명력이 시인 개인에

게 옮겨질 때, 죽음의 공포는 아름답게 해소될 기미를
보인다.

훗날, 목침과 친해질 즈음이면/나는 세상에서 가장 긴 목
침, 문지방을 베고 누울 거야/토방에 쏟아지는 별빛으로 발
가락도 말리며, 나는/문풍지가 살을 켜는, 여닫이문으로 마
감되고 싶어/문지방에 묻어 있는 식구들의 체온을 온몸으로
읽은 뒤/나뭇결처럼, 숲으로 흘러갈 거야

목침은 죽어서도 숨을 쉬지/문이 여닫히는 한, 사람의 얼
굴처럼 윤이 나는 문지방/그 아름다운 목침으로 다시 돌아오
고 싶어
　　　　　　　　　　　　　　　　　　　　　　　—「木枕」

그는 지금껏 자신을 지배해온 '죽음'을 마주보며 서서
히 그것을 넘어서려고 하고 있다. 아마도 이후의 이정록
의 시는 여기서부터 다시 출발할 것이다. 그가 앞으로
보여줄 세계가 어느 만큼 넓고 깊어질 것인지는, 체험적
으로 받아들인 여성성을 어느 만큼 자각하고 소화해내는
지와 무관하지 않을 듯하다. ▨